사랑하고 그리워하고

청은 구자옥 시집

사랑하고 그리워히고

초판인쇄 2024년 5월 27일
초판발행 2024년 6월 1일

지은이 | 구자옥
펴낸이 | 서영애
펴낸곳 | 대양미디어

04559 서울시 중구 퇴계로45길 22-6(일호빌딩) 602호
전화 | (02)2276-0078
팩스 | (02)2267-7888

ISBN 979-11-6072-127-0 03810
값 13,000원

＊지은이와 협의에 의해 인지는 생략합니다.
＊잘못된 책은 교환해 드립니다.

어머니의 여한가

사랑하고
그리워하고

청은 구자옥 시집

대양미디어

평범한 인생도 정리할 게 있기에

'낀' 세대로 살아온 칠십여 평생은 격변의 역사였다.

해방 직후 태어나 어머니 치마꼬리 잡은 채 6·25사변을 겪었으며, 중학교에 입학하며 4·19와 5·16을 지나고, 파독 광부와 월남파병, 중동 건설 등의 주역 세대인 우리는 부모 봉양하는 마지막 세대이며 자식으로부터 봉양받지 않는 첫 세대로서, 직장에서는 상명하복의 마지막 세대요 부하에게 복종 요구가 차단된 첫 세대이다.

상사와의 식사비는 당연히 내 차지가 되고 부하들과의 식사비도 가로맡아야 하는 의식의 전환기에서 낀 세대로서, 마지막 꼰대에 속한 우리는 적성을 고려한 직업선택도, 사생활이란 것도 의식조차 하지 못하고 정신없이 위를 따르며 아래까지 챙겨야 하는 세월을 살았다.

문학 소년을 꿈꾸던 시절 '알퐁스 도데'의 「별」과 정비석의 『산정무한』 같은 글을 쓰고 싶었지만, 둔재를 겨우 면한 처지로서는 어림도 없는 일이리라.

다만, 가치가 전도되는 혼란한 격변기를 가로질러오면서 희망도 절망도 사랑도 괴로움도 고루 겪어본 흔적이며 절규였으며, 나의 신 앞에서 드린 고해이고 기도였기에 비록 조악한 글이지만 정리하여 묶어보기로 용기를 내었다.

　　많이 부족한 글에 과분한 추천사를 써 주신 오만환 시인께 진심으로 감사의 말씀을 드린다.

2024년 5월

지은이

성찰로 빚은 서정시 삶의 깊이

오 만 환(시인)

구자옥 시인의 시 초고를 먼저 읽었다. 성찰省察로 빚은 서정시가 언어의 숲을 이루고 몰입에 빠져들게 한다. 시의 계곡에는 시냇물이 흘러 영혼을 맑게 하고 시원함을 주며 문학의 즐거움을 맘껏 누린다. 나를 찾아가는 시간 여행에 동행한 느낌, 일생이 담겼다. 그래서 눈을 뗄 수가 없다. 달콤하고 슬프고 슬프되 슬프지 않다. 섬세한 감각과 묘사, 정리된 시상과 최적最適의 시어詩語 어렵지 않으면서 끝까지 긴장과 흥미를 준다.

시제와 핵심 시어를 따라가 보자. 「어머니의 여한가餘恨歌」에서 시작하여 치마꼬리, 뒷모습, 첫사랑, 숙명이 된 인연, 그리움은, 늙는다는 것은, 기다림의 계절, 이별 그리고 미련, 병촌兵村의 이별, 창공에 나를 던지고, 수의를 입고 사는 사람들, 「이 세상에 그가 없네」로 끝나도록 그렇게 읽어보았다. 어머니의 일생과 아름다운 추억, 구구절절 울림이 크다.

큰일 때나 설 추석에 객지 사는 자식들이
어린것들 앞세우고 하나둘씩 모여들면
절간 같던 집안에서 웃음꽃이 살아나고
하루 이틀 묵었다가 제집으로 돌아갈 땐
푸성귀에 마른나물 간장 된장 양념까지
있는 대로 퍼 주어도 더 못 주어 한이로다

손톱발톱 길 새 없이 자식들을 거둔 것이
허리 굽고 늙어지면 효도 보려 한 거드냐
속절없는 내 한평생 영화 보려 한 거드냐
꿈에라도 그런 바램 상상조차 아니 했고
고목나무 껍질 같은 두 손 모아 비는 것은
내 신세는 접어두고 자식 걱정 때문일세

<중 략>

내 살 같은 자식들아 나 죽거든 울지마라
인생이란 허무한 것 이렁저렁 늙는 것을
낙이라곤 모르고서 한평생을 살았구나
원도 한도 난 모른다 이 세상에 미련 없다
서산마루 해지듯이 새벽 별빛 바래듯이
잦아들듯 스러지듯 흔적 없이 지고 싶다.
— 시 「어머니의 여한가餘恨歌」 중에서

시상이 투명하고 문장이 유려하여 단편 영화의 명장면이나 유튜브의 영상을 연상케 한다. 그만큼 표현력이 탁월하다. 우리 전통 시가詩歌의 맥을 이으며 독특한 개성으로 매력을 지닌다.

이 시집이 나오기까지 얼마나 먼 길을 돌아 여기에 왔을까?

이념이나 논쟁을 철저히 내려놓고, 이제 꼭 하고 싶었던 말, 잊을 수 없는 순간들, 스스로 내면을 비추는 결연한 뜻, 어떤 사람이 시집에 나올까?

어머니, 아내, 자녀, 소중한 사람에게 드리는 감사의 글이며 사랑의 고백, 한마디로 연가戀歌로 가득하다. 「치마꼬리」의 각별한 느낌이며 「늙는다는 것」의 철학성, 친구의 영전에 바치는 추모 등 개별 작품의 감상과 여운을 어찌 다 말하랴!

초고를 거듭 읽어갈수록 삶의 넓이와 깊이에 공감하게 되고 예술성과 시의 위의威儀를 체감하며 응원과 축하의 박수를 보낸다.

차 례

제1부

어머니의 여한가

치마꼬리

어머니 냄새 맡으며
어머니 옆에서 잠자고
밥상도 마주하고
가는귀 잡수었기에
큰소리로 담소도 하고…

어릴 적
내가 태산처럼 믿을 수 있던,
그렇기에
집 안팎 어디든지
하마 놓칠세라
꼭 잡고 따라다니던 어머니 치마꼬리

치마폭에 얼굴 부비면
연기 냄새도, 된장 냄새도
어느 땐 고소한 콩고물 냄새도 났었다

세상에서 가장 약해진

그 치마꼬리

지금은 아들 뒤를 따라다니신다

감나무 밑으로

골파밭으로

개울 건너 도라지밭으로

늙어가는 아들 손

꼭 잡고 다니신다.

어머니의 여한가

쇠락하는 양반댁의 맏딸로 태어나서
반듯하고 조순하게 가품을 익혔는데
일도 많은 사대부 댁 맏며느리 낙인찍혀
열여덟 살 꽃다울제 숙명처럼 혼인하여
두세 살씩 터울 두고 일곱 남매 기르느라
철 지나고 해 가는 줄 모르는 채 살았구나!

봄여름에 누에치고 목화 따서 길쌈하고
콩을 갈아 두부 쑤고 메주 띄워 장 담그고
서리 오면 곶감 치고 배추 절여 김장하고
호박고지 무말랭이 넉넉하게 말려두고
어포 육포 약과 정과 과일주에 조청까지
정갈하게 갈무리해 다락 높이 간직하네!

찹쌀 쪄서 술 담그어 노릇하게 익어지면
용수 박아 제일 먼저 제주부터 봉해두고
시아버님 반주 거리 맑은 술로 떠낸 다음
청수 붓고 휘휘 저어 막걸리로 걸러내서
들일 하는 일꾼네들 새참으로 내보내고
나머지는 시루 걸고 소주 내려 묻어두네!

피난 나온 권속들이 스무 명은 족히 되고
더부살이 종년처럼 부엌살림 도맡아서
꽁보리 쌀 절구질해 연기 불며 삶아 건져
밥도 짓고 국도 끓여 두 번 세 번 차려내고
늦은 저녁 설거지를 더듬더듬 끝마치면
몸뚱이는 젖은 풀솜 천근처럼 무거웠네!

동지섣달 긴긴밤에 물레 돌려 실을 뽑아
날줄을 갈라 늘여 베틀 위에 걸어놓고
눈물 한숨 졸음 섞어 씨줄을 다져 넣어
한 치 두 치 늘어나서 무명 한 필 말아지면
백설같이 희어지게 잿물 내려 삶아내서
햇볕에 바래기를 열두 번은 족히 되리!

하품 한번 마음 놓고 토해보지 못한 신세
졸고 있는 등잔불에 바늘귀를 겨우 꿰어
무거운 눈 치켜뜨고 한 땀 두 땀 꿰매다가
매정스런 바늘 끝이 손톱 밑을 파고들면
졸음일랑 혼비백산 간데없이 사라지고
손끝에선 검붉은 피 몽글몽글 솟아난다.

내 자식들 해진 옷은 대충해도 좋으련만
점잖으신 시아버님 의복 수발 어찌할꼬
탐탁잖은 솜씨라서 걱정부터 앞서는데
공들여서 마름질해 정성스레 꿰매어도
안목 높고 까다로운 시어머님 눈에 안 차
맵고 매운 시집살이 쓴맛까지 더했다네!

침침해진 눈을 들어 온 방안을 둘러보면
아랫목서 윗목까지 자식들이 하나 가득
차 내버린 이불깃을 다독다독 여며주고
막내 녀석 세워 안아 놋쇠 요강 들이대고
어르고 달래면서 어렵사리 쉬 시키면
일할 엄두 사라지고 한숨만이 절로 난다.

학식 높고 점잖으신 시아버님 사랑방에
사시사철 끊임없는 접빈객도 힘겨운데
사대봉사 봉제사는 여남은 번 족히 되고
정월 한식 단오 추석 차례상도 만만찮네
식구들은 많다 해도 거들 사람 하나 없고
여자라곤 상전 같은 시어머니뿐이로다.

고초 당초 맵다 해도 시집살이 더 매워라
큰아들이 장가들면 이 고생을 면할 건가
무정스런 세월 가면 이 신세가 나아질까
이내 몸이 죽어져야 이 고생이 끝나려나
그러고도 남는 고생 저승까지 가려는가
어찌하여 인생길이 이다지도 고단한가?

토끼 같던 자식들은 귀여워할 새도 없이
어느 틈에 자랐는지 짝을 채워 살림나고
산비둘기 한 쌍같이 영감하고 둘만 남아
가려운데 긁어주며 오순도순 사는 것이
지지리도 복이 없는 내 마지막 소원인데
마음고생 팔자라서 그마저도 쉽지 않네!

양지받이 배산임수 육간대청 넓은 집에
가문 날에 콩 나듯이 찾아오는 손주 녀석
어렸을 적 애비 모습 그린 듯이 닮았는데
식성만은 입이 짧은 제 어미를 탁했는지
곶감 대추 유과 정과 수정과도 마다하고
정 주어볼 틈도 없이 손님처럼 돌아가네!

큰일 때나 설 추석에 객지 사는 자식들이
어린것들 앞세우고 하나둘씩 모여들면
절간 같던 집안에서 웃음꽃이 살아나고
하루 이틀 묵었다가 제집으로 돌아갈 땐
푸성귀에 마른나물 간장 된장 양념까지
있는 대로 퍼 주어도 더 못 주어 한이로다.

손톱 발톱 길 새 없이 자식들을 거둔 것이
허리 굽고 늙어지면 효도 보려 한 거드냐
속절없는 내 한평생 영화 보려 한 거드냐
꿈에라도 그런 바램 상상조차 아니 했고
고목나무 껍질 같은 두 손 모아 비는 것은
내 신세는 접어두고 자식 걱정 때문일세!

회갑 진갑 다 지나고 고희마저 눈앞이라
북망산에 묻힐 채비 늦기 전에 해두려고
때깔 좋은 세마포를 넉넉하게 끊어다가
윤색 든해 손 없는 날 대청 위에 펼쳐놓고
도포 원삼 과두 장매 상두꾼들 행전까지
두 늙은이 수의 일습 내 손으로 꿰매었네.

무정한 게 세월이라 어느 틈에 칠순 팔순
눈 어둡고 귀 어두워 거동조차 불편하네
홍안이던 큰 자식은 중늙은이 되어가고
까탈스런 영감 고집 자식조차 꺼리는데
내가 먼저 죽고 나면 그 수발을 누가 들꼬
제발 덕분 비는 것은 내가 오래 사는 거라!

내 살 같은 자식들아 나 죽거든 울지마라
인생이란 허무한 것 이렁저렁 늙는 것을
낙이라곤 모르고서 한평생을 살았구나
원도 한도 난 모른다 이 세상에 미련 없다
서산마루 해지듯이 새벽 별빛 바래듯이
잦아들듯 스러지듯 흔적 없이 지고 싶다.

* 지금 내 어머니는 늙고 병드셨다. 나는 평생을 어머니 곁에서 그 쓰고 맵고 고단한 시집살이를 목도했다. 여기 이 노래는 그런 어머니께서 평소에 아주 조금씩 열어 보이시던 심경을 어머니 시선으로 그려 본 것이다. 그 시대의 어머니라면 누구랄 것 없이 그런 세월을 사셨을 터…. 지금은 당신의 모든 것을 다 퍼 주시고 빈껍데기만 남은 내 어머니. 이 노래는 내 어머니의, 아니 그 시대를 살아내신 우리 모두의 어머니 노래가 아닐까?(4·4조 운율에 맞춰 회심곡처럼 읊조리노라면 가슴속에 애잔함이 차오른다.)

어머니 임종

죽음의 그림자가 목전에 어른거리고
이 세상에서 쉬어야 할 마지막 숨까지
남김없이 뱉어내신다
그르렁그르렁 가래 끄는 소리에
지켜보는 늙은 자식 미간에 주름이 패이고
어머니의 답답한 호흡에 내 가슴이 막혀온다

탱탱하게 부어오른 손을 잡고
내 몸의 온기를 밀어 넣어
점점 식어가는 체온을 버텨본다
호흡의 간격은 점점 멀어져 가고
영원한 이별이 임박해 옴을 알 수 있다

사그라지는 어머니의 쇠잔한 모습이
저녁 무렵에 지는 해를 닮은 것 같다
어머니의 기억 속에 각인된 나는 어떤 모습일까
부모 자식 간의 이별은 어떤 무게일까

태를 자르고 이 세상에 나를 내놓으신 어머니
목울대로 밀어 올린 가라앉은 내 목소리를
거칠게 갈라진 목소리를 듣고 계신가요
지금은 조그맣게 사위어 의식조차 없으신 듯
이젠 아픈 육신 벗으시고
세상근심 다 내려놓으시고
아픔도 근심도 없는 낙원으로 오르소서

어머니
어머니
내 어머니가 떠나신다.
얼굴 마주하시던 어머니가 이젠 나를 떠나신다
엄마가
엄마가
돌이킬 수 없는 그 길을 가시려고 채비를 하신다.

(2019. 9. 28.)

삼우제

고희의 불효자는
돌아가신 어머니를
초우에 선산에 묻고
재우엔 기억에 묻고
삼우엔 허허로운 맘으로
평생의 불효를 후회하기 시작한다
아쉽고 서러워 아린 가슴으로….

마지막 전화

내게 이 세상에서 마지막으로
단 한 번만 전화할 기회가 남아있다면
내 아들에게 하고 싶다

아버지는 너를 아주 많이 사랑한단다
이 세상에 너만 남겨놓기가 안심되지 않는구나
부디 가치 있는 삶을 살아라
노력을 아끼지 말아라
남을 배려할 줄 알아라
아들아!
네가 정말로 아버지를 사랑한다는 걸 안다
여기까지 단숨에 말해버리고 싶다

그러나 종래엔 아들이 아닌
늙고 병드신 아버지께 하게 될 터…
나를 향해
따듯한 미소를 보여주신 기억이 별로 없는
내 아버지께
세상이 바뀌고

전통적 가치와 신분이 전도되는
혼란스런 세상을 살아오면서
고슴도치처럼 웅크려 현실을 외면해버린
내 아버지께

내가 어렸을 땐
젊고 총명하고 활달하지만
한없이 엄하시던 아버지셨고
내가 철들었을 땐
초로의 인자함은 없고
늘 화가 나 있고, 용서 못 하고
누구도 어쩌지 못하는 완강한 고집만 남은
나의 아버지

내가 초로에 들어선 지금은
늙고 병들고, 그러면서도
조금도 숨죽지 않은 외고집을 끄리고 계신
그런 아버지께 전화할 거다
사랑의 표현에 인색하신 내 아버지께…

그래도 나는 안다
성채 같은 고집스러움 뒤에
서리서리 감춰져 있을 사랑을

내게 단 한 번의 기회가 허락된다면
자식을 사랑하는 방법도 모르시는
그러나 가슴 깊은 곳에
용암처럼 뜨거운 정을 담고 계신
늙고 병드신 내 아버지께 전화할 거다

아버지 걱정 마세요
당신의 여생을 따뜻하게 치장하고 싶습니다
이 땅을 떠나시는 순간
절대로 외롭게 보내드리지 않겠습니다
메마른 아버지 손을 꼭 잡아 드리겠습니다
그리고 기도할 겁니다
하늘에 계신 그분께

여기 한평생을 피곤하게 보내고
사랑할 시간을 소모해버린
사랑의 표현 방법을 알지 못하는
외롭고 지친 영혼을 받아주소서
저희에게
사랑의 가치가 소중함을
역설적으로 일깨워주신
이 영혼을 받아주소서
그리고
불효한 제 용심用心과 행실을 용서하소서.

* 어린 시절에, 장성한 다음까지도 너무 엄하시던 아버지께 다가서지
못하고 살았다. 거목처럼 느껴지기만 하던 아버지도 세월 가고 병
약해지시니 보통의 아버지로, 작고 허약한 한 사람으로 내려서셨지
만 살갑고 다정한 정을 쌓아두지 못했던 父子는 선뜻 두 손을 잡고
부축해드리는 일조차 어색하다. 그래도 나는 알고 있다. 아버지의
깊은 사랑을.
내가 미숙하다 할 나이로 빠른 진급 소식을 전해 올리자, "그래 알
았다." 질했다가 아니라 "알았다"로 전화기를 내려놓으셨고 그 후에
도 더 이상 언급이 없으셨다. 언젠가 어머니 말씀이, 그때 전화 끊
으시고는 껄껄 웃으시며 "하, 참! 효자란 말이야." 하셨단다.
나 역시 아버지 생전에 그 흔해빠진 "사랑합니다" 한번 해드리지 못
했으니 불효하기 짝이 없다.

비 오는 날의 상념

현장 사무실에 앉아
비 오는 창밖을 하염없이 내다본다
어느새 억수같이 쏟아붓던 비는 그치고
검은 구름 벌어진 틈으로 생뚱맞게 해가 웃는다

여러 가지 일들이 실타래처럼 얽혀버린
회갑 당한 나의 일상에서
어제와 오늘과 내일을 본다

풀릴 묘책을 영원히 찾을 수 없을 것 같은 아버지
너무 노쇠하신 육신에 정신은 아이 같은 어머니

아직도 해야 할 공부가 남은
그러나 열심熱心이 부족한 아들
아이 둘 낳았을 때 엄마보다 나이 많은 딸
결혼을 못 하는지 안 하는지…

험한 세상 돌아가는 이치를 알지 못하고
누구와 단 한 번도 언성 높여 싸워보지 못한

타고난 약골에 큰 수술을 세 번이나 한
평생 남편만 보고 사는
그래서 나 없으면 살아 낼 수 없는 아내

내 나이 회갑에
생존하신 양친은 건강치 못하시고
슬하의 남매는 작수성례도 못 치르고

듣기 좋은 말로 이 나이에 직장이지
삼십 년 넘는 군 복무를 명예롭게 끝낸 이후에도
손에 쥔 것 변변치 못하여
아직도 직장 일을 놓을 수 없어
공사판 전전하며 온갖 사람 상대하고
오늘 같이 비 오는 날
각반 치고, 안전모 쓰고, 우산 하나 찾아들고
질척이는 공사 현장을 구석구석 누벼야 한다
단 며칠도 부부동반으로 집을 비울 수 없어
한 달쯤 소요되는 둘만의 자유여행은
언제라고 기약조차 할 수 없는 마음속 소원이다

훨훨! 날고 싶다
세상일 다 제쳐두고 두 손 털고 싶다
실타래같이 얽혀버린 내 일상에서
멀리멀리 도망치고 싶다

그러고 보니 어느새 해는 숨고
또다시 비가 온다
억수같이 퍼붓는다

가슴 활짝 열고 빗속으로 달려나가
한바탕 소낙비를 맞으면
까맣게 타버린 이 속이 씻어질까?

(2008년 어느 여름날)

할아버지

시월도 막바지인 어느 날
할아버지 산소에 오른다
꾸불꾸불한 비탈길을 따라
여섯 살 난 아들 녀석 손을 끌며 오른다

버티고 선 상수리나무 가지마다
흠뻑 묻어있는 농익은 가을이
얼룩무늬 내 전투복 위에도 뚝뚝 떨어진다

내 손안에서 꼼지락대는
아들 녀석의 고사리손이 땀에 젖을 무렵
왕대골 기슭 산소 앞에 다다른다

추석 무렵 금초한 풀 더미도
파랗던 잔디도 누렇게 말라 있고
산 위에서 내리 부는 한 줄기 바람이
성묘하는 등줄기에 서늘하다

생전에 가끔 찾아뵙던 할아버지
이제는 당신께서 날 찾아오신다
유난히 뵙고 싶은 날 저녁엔
인자하신 얼굴에 잔잔한 미소로
꿈길 따라 내 가슴속에 오신다.

아내

혼자서는 반찬 하나로 때우고
먹을 만한 것은 아꼈다가
다음 끼니에 올려놓고
값싸고 질긴 옷만 아무렇게나 걸치고
입을만한 옷은 아껴두다
정작 유행 지나 후줄근해지면 입지요

변변한 옷 한번 못 해주다가
결혼 스무 해 기념으로 모피 한 벌 샀는데
아깝고 쑥스러워 입지도 못하지요

써보지도 못하고 아끼던 그릇이
이사하며 한두 개 깨졌을 때 보이던
그 낭패감

모처럼 출장길에
그럴듯한 향수 하나 사 왔더니
아끼고 아꼈는데 어쩌다 꺼내 보니
절반이나 증발해 버렸다고

아까워하던 그 모습들이 아파요

모처럼 외식하려 집을 나설 땐
"오랜만에 갈비 한번 뜯자" 하고는
정작 식구들 등 떼밀며 들어서기는
값 눅은 홍콩반점이고요

정육점 쇼윈도우 앞에서
먹음직한 쇠고기를 기웃거리다
삼겹살 한 근 사들고 돌아서지요

내가 돈 많이 못 버는 까닭에
철부지 막내딸이던 내 아내가
지금은 누구보다 더 억척스런
아줌마가 돼버렸네요
대한민국 대표 아줌마가.

낙조

서쪽 바다 위 흰 구름이
붉게 타오르는 속으로
한 떼의 갈매기가 날아오르고
노을빛 등지고 닻을 내린
서너 척 조그만 고깃배가
한 폭의 수채화를 완성하면
창백한 아내 얼굴이
열여덟 소녀처럼 붉게 물들고
가슴 위에 모아진 두 손으로는
무엇을 간구하는가?

사위四圍에 드리워지는 흑암의 장막으로
고깃배들 모습이 희미해질 때쯤
아내 얼굴에서 홍조도 사라지고
또다시 창백해진 얼굴로
움츠리는 좁은 어깨가 너무 추워
겉옷 벗어 걸쳐주고
우리의 미래처럼 가까워진 희미한 수평선을
나란히 응시한다

이제는
하늘과 바다의 경계도 사라지고
다만 하나의 어둠이 지배하는 시간이다
갈매기도, 서너 척 고깃배도
규칙적으로 밀려오는 파도까지도 삼키고
어둠이 확연하게 짙어질 무렵
끊임없이 부서지는 파도 소리를 떼어놓고
돌아서는 발걸음 아래서
사각사각 모래가 속삭인다
오늘은 갔다고
또 다른 오늘이 올 거라고

진정 이쯤에서
되돌리고 싶다
되돌리고 싶다
저만치 달려나간 세월을
무망한 꿈을 접고
돌아오는 차 안에서
잠든 아내의 수수한 얼굴이 말한다
내일은 오늘보다 편안해지고 싶다고.

은혼식

스물다섯 해 전 오늘
우리의 생이 하나로 묶이고
당신과 내 역사의 장이 열리는 순간이었소
세상에 와서 단 한 번의 맹세를 나눌 때
당신 가슴이 새처럼 뛰었고
나는 형언할 수 없는 격정으로 떨었소

하늘이 무너져 땅과 닿고
해와 달이 맞닿는 이변이 와도
결코 변할 수 없는 우리의 서약을
다시 한번 되새김질해 본 다오

세상이 아무리 험난했어도
당신과 함께라서
탄탄대로처럼 편안하였으며
겪은 일들이 아무리 힘들었을지라도
우리를 위한 일이었기에
웃으며 견딜 수 있었소

세상 모든 것의 무게를 합쳐도
당신을 향한 내 진정보다

결코 더 무겁지 않을 것이오

지난 세월이
당신만을 사랑하며
좀 더 행복해하려는 노력이
부족하지는 않았는지 돌아본다오

세상 모든 것을
당신을 통해 보고, 듣고, 느꼈으며
일거수일투족이 모두 당신과 연유되었고
아주 작은 것일지라도
당신을 떼 놓고 결심하지 않았소

사랑하는 내 아내여!
당신은 나, 나는 당신이라오
서로를 목말라하는 우리는 천생배필이오
훌쩍 자라버린 우리 아이들에게
신의 축복이 넘치길 기원하며
우리의 사랑을 지금
떨림처럼 느끼고 있소.

아들

잠이 든 녀석의 작은 손을 꼭 쥐며
밝은 장래를 기원한다
이 따스한 체온은
영원히 꺼지지 않을
내 생명의 불씨라

얼굴도
골격도
기침 소리까지도
나를 쏙 빼닮은
녀석은 내 생명의 줄기다
난 즐거이 거름이 되리

먼 옛날
선조로부터 이어져 온 생명의 흐름이
나를 통해
녀석에게로 이어져 있음을 안다

그것은
뜨거운 맥박으로
결코 멈추지 않을 심장의 박동으로
나를 또 하나의
먼 옛날의 조상이 되게 하리라.

아들의 입대

십일월 열사흘 오늘
스물한 살 막내가 군대 가는 날
밖이 아직은 어슴푸레한데
문틈을 기웃거리는 아침을 불러들이고
작별의 조찬이 도란도란 이어지는 동안
애써 감추는 아내의 감정이
곧 터질 듯 위태롭다

내가 평생 몸담았던
내 고향 군대에
아직도 어린 내 아들이 간다
엎드려 절하는 녀석의 든든한 어깨가
세워 안아본 두터운 가슴이
쓰다듬어본 널찍하고 탄탄한 등판이
어떤 어려움도 이겨 낼만 하구나

출근 시간에 쫓겨 서둘러 집을 나설 때
녀석의 우렁찬 인사가 고막에 꽂힌다
"아버지! 군대 잘 댕겨오겠습니다!"

차마 돌아보지 못해 올려다본 하늘엔
희뿌연 기운이 햇살에 밀려가고
철새 한 무리가 창공을 가르며
새벽을 걷어내고 있다

길가에 늘어선 은행나무 가지마다
절반쯤으로 줄어든 노랑 잎이 을씨년스럽고
이따금 질주하는 자동차 뒤로
가을빛이 벌떼처럼 날아오르며 비명 지른다

어제부터 추워진 날씨가
이미 100일 휴가의 카운트다운을 시작한
여린 아내의 왜소한 어깨를
바늘처럼 날카로운 냉기로 위협해도
어머니의 강인함으로 이겨낼 수 있을 터

그러나
내 가슴속에 뭉쳐지는 이 애잔함은
무슨 수로 견딜 건가

논산 쪽을 향한 시선을 거두며
가슴 밑바닥에서 울리는
감성을 향한 이성의 설득을
나는 믿고 싶다
아들아!
잘 참아 이겨내거라
너는 잘할 수 있다는 걸 아버지는 안다.

내 딸

가족이란
지극히 사랑하면서도 너무 편하기에
막 대하고 함부로 하고
서로 상처 입히고 입으면서
속상하게 하면서 그렇게 사는 거란다

사랑하는 내 딸아
생각은 그렇지 않으면서
가끔 네 마음에 시퍼런 멍들게 했구나
나 스스로에게는 더 큰 상처 내면서

아무리 아빠 엄마의 바램이라도
그리고 정말 너를 위한 길이라 해도
네가 싫으면 강요하지 않아야 하는가 본데
그러나 확실한 것은
세상이란 것이 그리 만만치 않다는 거다

일터를 잃고 가족을 버리고
가정을 떠날 수밖에 없는 사람들이

수없이 많다는 이 시대에도
잘해나가는 사람이 더 많단다
그들은 젊은 날에
인생준비를 착실히 해두었기 때문이지

내게 늘 기쁨이고 또한 멍울이기도 한 내 딸아
아빠가 관사에서 혼자 외롭게 있어도
저녁이면 전화로 만날 수 있고
주말엔 얼굴 볼 수 있는 현실이
너무 감사하고 행복하구나

딸아
너를 정말로 많이 사랑한다
산이 높으면 골이 깊듯이
사랑의 깊이만큼 미울 때도 있지
네가 아빠 엄마를 딛고
이 세상에 우뚝 설 준비를 하렴

봄이 가도 또다시 봄은 오지만
젊은 날은 결코 다시 올 수 없는 것
신께서 네게 허락하신 인생은
그리고 네가 내 딸로 태어난 것은 필연이고
신께서 예비하신 어떤 뜻이 있어서야
그 뜻을 세우고 이루기 위해 힘써야 해
그게 인생의 의미이고 인간의 기본이란다

아빠도 이미 많이 소모해버린 시간을
잘 마무리하고 싶구나
과정이 아름다우면 결과 또한 그러한 것
사랑한다 내 분신 내 딸아!

내 몫

자식의 일은 내 몫이다
심성이 착하여 사랑스러워도
성실하여 믿음직스러워도
건강하여 잔병치레 걱정 없어도
부지런하여 대견스러워도
공부 잘해 자랑스러워도
그건 신이 주신 내 몫의 행복이다

그러나
정직하지 못함으로 인한 절망감도
건강치 못함으로 인한 안타까움도
게을러서 짜증스러워도
너그럽지 못하여 불만스러워도
지혜가 부족하여 속이 터져도
그 또한 내 몫임이 분명하다

꼭 감당해야 할 중요한 내 몫은
사랑하는 자식들의 앞날을
잘 열 수 있게 도와주는 일이다

그들의 영혼을 깨끗하게 할 수 있도록
진정을 다 해 도와야 한다

정직하여 믿음직스럽고
건강하고
근면하고
책임감 있고
성실하고
너그러운 것들의 진정한 가치를
올바르게 깨우쳐 주어야 한다
이것이 제일 큰 내 몫이다

다할 수도 없는 내 몫을 다했다 하며
무엇을 바라지는 말아야 한다
효도를 하든 불효를 하든
그것은 내가 연유한 그들의 몫이니
그들의 인생이
곧고 순탄하고 밝은 것이거나
구부러지고 험하고 어두운 것이거나

그 또한 그들의 몫이다
다만, 주어진 일생이 그들의 몫이어도
부모가 되어 모를 수는 없는 것
좀 더 나은 몫을 받을 수 있도록
사랑으로 인도 해야 한다
그들의 인생이 밝지 않다면
가슴 아픔 또한 피할 수 없는
내 몫이 될 터이니….

뒷모습

어슴푸레 한 여명이 걷힐 즈음
현관 앞에서 아내와 작별하고
조심스레 닫히는 문소리 들으며
옷 가방 하나 들고 집을 나선다
주말에 쌓인 나른함을 떼어내며
또다시 시작하는 한 주週를 향해서

언젠가 딸아이가 그랬단다
아빠 뒷모습이 너무 싫다고

훨씬 좁아진 어깨도
숱이 많이 줄어든 머리칼도
헐렁해 보이는 옷차림도
예전 같지 않은 걸음걸이도
조용한 계단실 안에 공허하게 울리는
이른 아침 아빠만의 발자국 소리도
등 뒤에 매달린 삶의 무게도

그런 아빠의 뒷모습이 서글퍼서.

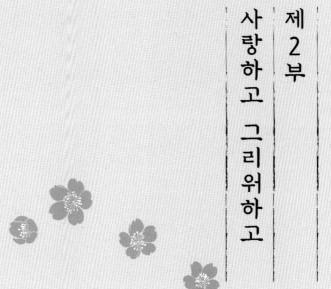

제2부

사랑하고 그리워하고

첫사랑

누구나 가슴속에 하나씩 묻은 아련한 기억
지그시 누르면 시원해지는 가벼운 통증 같은
따끈한 아랫목에 지지면 시원해지는 그런 것

설렘으로 가슴 터질 것 같았었지만
세월이 많이 흘러 진한 색채는 탈색되고
짙은 향기도 누그러지고
편한 모습으로 정제되어
가슴 속 어딘가에 남아있어
호젓한 날엔 입가에 미소 번지듯
슬그머니 떠오르기도 하는 것

누구에게나 단 하나뿐인 것
해묵은 앨범 갈피에 끼어있던 색 바랜 사진 같은 것
미소 짓고 보다가 다시 앨범 덮으면
한동안 또 잊게 되는 그런 것
그런 사진처럼 버리게 되지는 않는
어쩌면 지워지지 않는
일부러는 지우고 싶지 않은 그런 것

가끔 생각나고 그립기보다는 궁금한 것

시간이 많이 흐른 뒤 우연히 스쳐 지나며
한눈에 알아볼 수 있어도 모른척할 수 있을까
뒤돌아 소매 깃 잡지 않을 수 있을까
또다시 무얼 어쩌자는 생각은 아니어도
기억의 갈피를 들춰보고 싶어지는 것
우연을 가장해서라도
꼭 한번은 만나보고 싶은 것

첫사랑이 힘들게 살면 가슴이 아프고
아주 멋지게 잘살면 배가 아프고
다시 시작하자 하면 머리가 아프다는
어쨌거나 첫사랑은 아픈 거라고
그래도
잘사는 걸 알고 나면 안도하게 되는 것.

기다림의 계절

봄바람에 실려 온 꽃내음이 코끝을 스치고
지난 봄 그때처럼 꽃가지 늘어지거든
꽃잎 닮은 너와 함께 그 길을 걷고 싶다
작정한 이별 아니었어도 너 떠나고 없는데
난 아직도 가슴으로 울며 널 보내지 못 하네
너 실바람에 날리는 꽃잎처럼 내게 올까 봐
난 아직도 널 꿈꾸며 조용히 기다리고 있네

봄비처럼 나에게 젖어오던 너만의 향기가
아직도 내 기억에 또렷이 남아 있지만
살가웠던 너는 이제 꿈으로만 보이네
꿈길 밖에 길 없다는 옛 시인의 절규가
나에겐 되돌릴 수 없는 현실이 되었어

작정한 이별 아니었어도 너 떠나고 없는데
난 아직도 가슴으로 울며 널 보내지 못하네
너 실바람에 날리는 꽃잎처럼 내게 올까 봐
난 아직도 널 꿈꾸며 조용히 기다리고 있네.

고백 · 1

누구의 속삭임입니까
사랑의 밀어를 쓰는 지금
설렘으로 다가오는 소리 없는 그 소리는
가만히 눈감으면 촉촉이 젖어오는
향수처럼 나긋한 밤의 내음이여

밀려오는 그리움에 떼밀려
창가에 서면
별빛에 반사되는 분홍빛 마음이여

서북편 산마루의 이름 없는 저 별무리는
지금 내 님의 머리 위에
그리움으로 빛나리

아! 님이여
당신만을 사랑한다는 말이
내 최후의 고백이 되게 하소서.

고백 · 2

님이여!
당신을 사랑하기 위해
당신 사랑 받기 위해
난 태어났습니다

평범한 산자락에서도
신비한 절경을 발견할 수 있으며
무료해 마땅한 시간도
가슴 울렁이며
벅차오는 기분의 연속일 수 있습니다

거리의 모든 것들이
아름답고 사랑스러우며
지금 누구에게나
천사이고 싶은 마음입니다

내가 당신을 사랑하는 이유는
도무지 다른 길이 없어서입니다
님이여!
난 원래부터
당신을 향한 해바라기입니다.

숙명이 된 인연

어느 날 봄 향기처럼 네가 내게 왔었지
아직 차가운 샛바람 헤집고 햇살처럼 나에게 내렸지
넌 윤기 나는 머릿결 쓸어 넘기며 나를 향해 웃었지
그 봄이 무르익어 가며 너와 나의 이야기는 쌓여갔어
우리의 인연은 태고부터 시작된 거야

오월의 짙어가는 녹색처럼 영혼을 물들여 갔지
넌 초록 물결 딛고 일어선 한 송이 연꽃이었어
쉬폰 드레스 자락처럼 하늘하늘 나의 진심에 향기로 내렸어
해마다 짙은 노을처럼 가을이 타버린 자리에
내 여린 감성은 좀체 지워지지 않을 인연을 쌓고 있었지

물 한 방울씩 떨어져 바위가 모래알 되는 겁의 시간이 지나도
쌓이고 쌓여 업이 된 그 인연들은 내 영혼에 화인으로 찍히리라
몰아치던 한설도 끝나고 개여울 실버들에 물오르기 전
나 날리는 눈발 되어 그대 머릿결에 내려 너의 향기 맡으리라
그 향기에 흠뻑 취한 채 눈물처럼 녹아 흔적 없이 스러지리라
다시 올 또 한 생애에도 내 너를 찾으리라
그리고 꼭 알아보리라.

이별 그리고 미련

이별한다는 것은
가슴속에 피어있는 꽃을 잘라내는 것
차마 뿌리까지 도려내지 못하고
또다시 피어나길 기다리는 것

이별이 잉태한 아쉬움을 키우며
칼로 두부 자르듯
썩은 이 뽑아버리듯 하지 못하고
여린 씨눈 하나 간직하는 것

그리움이 비로 내려 가슴 적시면
순간에 꽃은 다시 피어나겠지만
바늘귀에 낙타 들어가기보다 희박한
확률을 믿고 싶어 하는 것

수 없는 밤들이 날 속이고
내가 날 속이고
생각이 가슴을 속이면서
기약도 없는 재회를 꿈꾸는 것.

그리움

가슴에 자리 잡은 그리움은
좀체 사라지지 않는 것

이별 직후의 그리움은
강렬하게 채색된 뜨거움 같은 것

이따금 가을비 추적대는 날 오후엔
뼛속까지 엄습하는 한기寒氣 같은 것

봄가을 세 번쯤 보낸 후엔
이마에 배어나는 체온 같아지는 것

머리 희끗해지는 초로初老엔
예고 없이 찾아오는 친구 같은 것

그리움은 사라지지 않고
조금씩 탈색하며 끝없이 진화하는 것

가슴 깊이 각인된 그리움은
무덤까지 동행할 동반자 같은 것.

교감

가만히 눈을 감고 누워 입가에 미소가 번지면
내가 사랑하는 이가 나를 사랑하기 때문이요

밤하늘의 별이 빛나 보이면
네 사랑이 지금 이 순간 나를 생각하기 때문이요

작은 풀꽃이 나를 보며 웃는 듯이 보이면
내 사랑하는 이가 나를 떠올리며 미소짓기 때문이요

비를 맞고 있는 창밖의 나뭇가지가 떠는 듯이 흔들리면
내 사랑하는 님이 외로움을 앓기 때문이요

장마가 잠시 멈추고 벌어진 구름 사이로 태양이 빛남은
내가 사랑하는 님이 나를 위해 기도하기 때문이요

내 마음이 요동치는 파도처럼 격앙되는 까닭은
내 님이 나를 잊은 듯해서지요.

내가 사랑하고 나를 사랑하는 님을 향한
미운 정 고운 정은 점점 쌓여만 가지요.

우리는

우연과 의도적 반 반이었지만
참 좋은 만남으로 시작했으니
언제까지나 변치 않는 마음이면 좋겠습니다
우리 만남 이전의 당신 역사를
나는 알지 못합니다
이제 시작된 우리의 역사가
소록소록 쌓여가는 것이
참 좋습니다

서로를 소중하게 여기며
서로의 영혼을 감싸 안아주는
인연이었으면 좋겠습니다
서로에게 의미 있는 추억을
수 없이 만들어 가슴에 간직하며
잠시만 떨어져도
그리워하고 싶습니다

그리고 먼 훗날
아주 먼 훗날
그것이 우리의 역사였고 인생이었다고
뿌듯해했으면 좋겠습니다.
후회 없었으면 좋겠습니다.

이별

내게 아픔인 님은 갔습니다
가슴속에 뼈저린 회한 찍어놓고
지는 해 가슴에 안고
그림자 길게 늘이며
거짓말처럼 떠나갔습니다

당신의 뜨거운 속삭임은
심장 속에서 아직 끓는데
나를 향한 당신의 정열은
당신 영혼으로부터
바람처럼 빠져나갔습니다

우리에게 허락됐던 시간이
토끼 꼬리만큼이나 짧았다는 사실을
다 끝나버린 인제야 알게 되었습니다

당신과의 하루하루를
어이없이 소모해버리고
지는 해를 잡아매려는 무모한 몸짓은

터진 생채기만 덧나게 할 뿐
재까지 타 없어진 회한의 자취 위엔
가슴 저리는 아쉬움이
강물처럼 소리 없습니다.

기도

유혹의 덫을 기다리던
연약한 내 영혼이
그 덫에 발을 들여놓습니다
용서받을 수 없는
죄 하나
가슴에 묻고 삽니다
오늘도 그 싹이 자랍니다
진실의 싹은
성장을 멈춘 지 오래이고…

죄의 뿌리가 이제는
심장까지 감쌌나 봅니다
내 의식세계조차
모두 지배하려 합니다

님이시여
심장 한 모서리 다친다 해도
그 뿌리
도려낼 수 있게 하소서

당신의 진실로
당신의 사랑으로
저의 손을 잡아주소서
당신이 부르실 때까지
진실의 싹만을 키우게 하소서
진실의 덩굴이 자라나
당신의 창턱에 닿게 허락하소서.

병촌兵村의 이별

내 마음까지 따라 타버린 막차가
뽀얀 먼지 날리며
산자락 들치고 석양 속으로 사라져간 뒤
병촌의 찌그러진 구멍가게 앞에
난 장승처럼 서 있고

차창으로 흔들어주던 작고 하얀 손이
내 텅 빈 가슴에
화인火印처럼 찍혀 버렸다

시간이 흐를수록 내겐 아픔인
감미롭던 순간들을
잊을 수 있을까

격정을 누를 수 없어 떨군 시선 아래로
뭉툭한 군화 끝이
뿌옇게 흐려온다.

또 하나의 맹세

파도가 하얗게 부서져 간 자리에
서둘러 써놓은
사랑의 밀어들은
뒤이은 파도에 흔적도 없어지고
둘이서 쌓은 모래성은
햇볕 아래 무너진다

잠깐씩 새겨졌던
바닷가 모래 위의 수많은 맹세가
천년 후
한꺼번에 밀려오는 날
나와 너는 다시 태어나 이곳에 서리
파도에 실려 올 사랑 얘기들을 모아
무너지지 않는
우리만의 성을 쌓으리.

기다림

기다림이란 갈증 같은 것
시작은 있되 끝이 없는 것
아주 불공정한 게임 같은 것

몇 번씩 가을이 가고 또다시 와도
가을에 오실 거란 확증은 없어도
유난히 가을에 더 기다려지는 건
아프도록 가을을 타기 때문이다

추억의 심연으로 침전해버린
꾀죄죄한 사랑의 증거만으론
님을 옮아 놓기에 부족해서
옴치고 뛸 수 없는
블랙홀을 준비한다

그러나
아! 그러나
이 가을마저 지나고 나면
너무 오랜 기다림에 탈진하여
음모처럼 준비한 블랙홀조차
흡인력을 잃을 것 같다.

진달래꽃

초록빛 싱그러운 님 앞에
허물어지고 싶은 나를
연륜의 껍데기가
가까스로 지탱케 합니다

너무 늦게 찾아온 사랑 때문에
붉게 달아오르는 가슴을
삭풍 앞에 가만히 내밀어
식혀 보기도 하지만
숨어있던 불씨는
불꽃 되려 합니다

그러다가 종래엔
겨우내 힘겹게 잠재워둔 열정이
님 오시는 날
한꺼번에
활활 타오르고 말겠지요.

석류

뜨거운 고백을 주체하기엔
인생의 나이테가 무거워서
사그라진 정열의 불씨를 들춰내어
불꽃을 일구기엔
철없는 용기조차 사라졌고
가로놓인 세월 폭이 너무 넓구나

알맹이 하나마다 고이 간직한
애틋하고 안타까운
분홍색 이야기들은
망중한에 조금씩 꺼내어
향내 나고 아린 그 맛을 음미하리라

'청마'의 '정향'처럼
쌓인 시간 속에 맺힌 사연들을
훨씬 후일에 가슴앓이하고 싶어
한 가지로만 곱게 채색하여
가슴속 깊은 구석에
한 알 한 알

은밀하게 간직하였음을
무심한 듯 무심치 않은
저 세월은 알까?

* 정향 : 여류 시조 시인 이영도를 청마가 지어 부른 애칭.

사랑과 계절

동남쪽으로 뚫린
나지막한 고개를 넘어 봄이 와 머물면
뒤이어 여름이 같은 길로 오고
여름이 오면 봄은 어디로 가는가
봄은 그냥 여름 속으로 녹아드는 것

가을은 서쪽에서 오나 보다
폭염 끝자락이 아직은 남아있는
구월 어느 날 저녁 무렵
서산마루에 걸린 석양으로부터
한줄기 서늘한 기운을 느낄 수 있으니

가을이 들녘에 누런빛으로 머물다
안산 기슭에 기어올라 충혈되면
겨울이 북서쪽 국사봉 너머로부터
산모퉁이 돌아치며
숨 쉴 틈 없이 텅 빈 들판에 다다른다

가을이 오면 여름은 되돌아가는데
겨울이 오면 가을은 어디로 가는가
북서풍 서슬이 너무 매서워

가을이 되돌아갈 길은 없는가

봄이 오면 겨울은 국사봉 너머로
되돌아가는 게 분명해 뵈는데
가을은 어느 날 석양 무렵에 와서
내 작은 뜰에 머물며
풍요 뒷자락에 우수憂愁를 뿌리다가
동남쪽 고개 너머로 여름 따라가는가

님은 가슴에 와 머물다 되돌아가면서
지워지지 않는 흔적하나 남기려 한다
사랑은 가슴에서 피어나는데
님은 어느 길로 내 가슴에 오는가
변덕쟁이 봄바람 따라 왔다가
서늘한 가을바람에 식어지면
뒤도 돌아보지 않고 가는가
치맛바람 쌩-하니 무정하게 가는 건가

가슴에 작지 않은 상처하나
화인火印처럼 찍어놓고.

꽃가루 알러지

아침부터 시작된 봄비가 시원하다
제법 굵은 빗발로
꽃가루와 먼지에 매연까지
시원하게 씻어내고
알레르기 항원이 들끓는 대기를
깨끗하게 걸러내고 있는 이 의식은
신께서 내게 마련하신 축복의 향연이다

비 개인 뒤의 청량함이
설렘처럼 기다려지고
벌써 한결 수월해진 호흡으로
가슴속까지 후련하다

유난스런 체질 때문에
계절 따라 반복되는 병증이
성격까지도 굴절하게 하고
고통은 인고의 시간으로 쌓여가지만
세월 가도 해결될 일 아니라서
아름다운 꽃조차 외면해야 하는 현실이

더없이 안타까울 뿐…

내 육신 위에 지워진 이 카르마는
어떤 인과로 연유함인가
영혼을 깨끗하게 정화하면 벗어나지는가

이 고통의 질곡을 벗어나야 한다
나도 한번
꽃향기 즐기며 살아봐야 한다.

낙엽

연두색 수줍음으로 시작된
사춘기를 지나
작렬하는 칠월의 태양 아래
싱그런 푸르름을 누렸다

꽃송이와의 달콤한 만남도
잠시 아쉬움으로 보내고
그 만남의 흔적으로
탐스런 열매도 맺었다

씨알은 영글어
또 다른 탄생을 위해 떠나고
어느새 푸르름이 사라져
누렇게 짙어지는 병색이 힘겨운데
소슬바람이 찬 서리 몰고 오는 어느 가을날
빨갛게 충혈되어
각혈처럼 쏟아지고 말았다.

가을날엔

티 없이 맑은 가을날엔
하늘을 올려다보지 말아야지
시리도록 파란 하늘빛에 부시어
여린 눈가에 눈물이 핑 돌고
깊은숨 들이쉬면
까닭 없이 흐흑 느껴지니까

마음이 편안치 않을 때는
가을 하늘을 올려다보지 말아야지
저 하늘 끝으로 스러져 가는
한 조각 구름을 보면
까닭 없이 콧등이 시큰해지니까

힘을 잃어가는 줄기에 매달려 버티는
늦둥이 애호박 하나 핼쑥하고
고추잠자리 무게도 힘겨운
코스모스의 실 같은 허리가 애처로운
이 가을엔
파아란 하늘을 올려다보지 말일이다.

가을 연가

가을을 아파하는 연유는
묻어둔 첫사랑의 기억이
세월 가도 지워지지 않고
달빛 유난히 차가운 밤엔
그리움으로 슬며시 다가오기 때문이네
은하수 폭포 되어 쏟아지는 밤엔
서러움이 파도처럼 밀려오기 때문이네

가을을 아파하는 연유는
젊은 날 애잔했던 이별이
세월 가도 잊혀지지 않고
핏빛 단풍 짙어질수록
우연한 재회를 기다리기 때문이네
하늬바람 파고드는 깊은 가을밤엔
외로움을 갈증처럼 못 참기 때문이네.

백야

촌음의 빛도 아까운 땅
한 해의 절반은 눈에 묻혀
햇볕 바라기 하는 땅
칠월의 한밤에도
자작나무의 하얀 피부가 손짓하며 유혹하네
먼 산은 아직도 이마에 흰 눈을 이고 있고
창으로 휙 들어온 바람이 차다

하얀 대낮에 페르세이스와 마주 앉아
하고 싶은 이야기가 많고 많아
뒤집어 보일 억울한 속내가 너무 많아
헬리오스는 낮을 자꾸만 늘려놓았는가
은퇴한 태양의 신 헬리오스가 살고 있는가

낮이 길어 사랑하기 좋은 이 계절에
실타래처럼 듬뿍 감아놓은 정을
긴 긴 겨울밤에 서리서리 풀어내기 좋은 땅
백야의 시작을 기다리며 실타래를 풀어보았으면
눈이 녹고 동면 끝나는 날
그 님 앞세우고 활보해 보았으면.

(2022. 7. 10. 백야의 '노르웨이'에서)

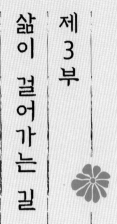

제3부

삶이 걸어가는 길

청산은 나더러

청산은 말없이 살라지만 시끄런 세상이고
창공은 티 없이 살라지만 내 허물이 운무 같소
사랑도 못 놓았고 미움도 끌어안았소
성냄도 짊어지고 탐욕의 늪에 허우적대오
물같이 바람같이 흘러가면 그만인 것을

연蓮처럼 진창에 뿌리내려 청아한 꽃 피우려 해도
마음에 낀 때가 너무 두꺼워
어제도 오늘도 또 내일도
두 손에 움켜쥔 사랑도 미움도 탐욕도
쉽사리 놓지 못할 끈질긴 업인가 보오.

숙명의 동행

태어남은 죽음의 예고이며
삶과 죽음은 동전의 양면 같은 것
죽음과 함께 태어나서
죽음과 함께 호흡하며
죽음과 함께 살아간다

의식하지 않고 살아왔지만
손 뻗으면 닿을 수 있었고
몇 번인가 만날 뻔했었지
마을 앞 웅덩이에서
인수봉 암벽 위에서
그것은 숙명처럼
언젠가는 꼭 만나야 할 동행

태어남이 작은 시작이면
죽음은 영원의 시작
초로의 길에 들어선 나는
나를 보내신 이의 뜻 안에서
영원의 시작을
시집가는 새색시처럼
다소곳이 준비하며 살려네.

무無

시간에서의 무無는 무엇인가?
어떤 순간도 찰나도 정지되는 것은 아닌데
정지된 것은 이미 과거지만
과거는 현재로 이어지는 연장선의 저쪽이다
흐르는 시간 위에서 정지됨
즉 무의 상태는 없는 것

공간에서의 무는 있는가
아무것도 없는 것은 비어空 있다
그러나 그것 또한 공간으로 존재한다
존재하는 것은 무의 상태가 아니다
그렇기에
'무'란 또 다른 상태의 존재가 아닐까

사람이 죽은 후
이 세상에 남는 것은 무언가
보잘 것도 없는 허명?
잡초 무성한 무덤 하나?
결국은 무란 말인가
그렇다면
가슴에 묻은 절실한 그리움은 어디로 가는가?

세월 따라 피는 꽃

정이월 흰 눈꽃은 끝내 못 이룬 첫사랑
삼월에 피는 상사화는 엇갈린 안타까움
사월에 피는 진달래는 봄의 여신 치맛자락
오월에 피는 라일락은 성장한 여인의 향기

유월에 피는 창포 꽃은 부드러운 님의 머릿결
칠월에 피는 능소화는 한 맺힌 여인의 손톱
팔월에 피는 해바라기는 정열의 나라 이야기
구월에 피는 백일홍은 시들지 않는 오랜 기다림

시월에 피는 구절초는 청초한 여인의 창백한 안색
동짓달에 피는 국화는 오상고절의 표상
섣달에 피는 동백은 끝내 못 떠나는 사랑

세상의 모든 꽃은 사연 하나씩 간직하는데
내 가슴에 피는 한 송이 꽃은 기도입니다.

갈대

억센 잎 사이로
힘껏 밀어 올린 의지 위에
아름답다 할 수 없는 꽃을 피우고
한여름 억세게 살았네

살아있어 꽃으로는
님의 시선 잡지 못하고
말라 죽어 흩날릴 때
소슬바람 되어 떠도는 날
비로소 아름답다 속삭여 주네

바람 따라 정처 없이 떠돌다
어느 물가에 떨어지면
또다시 의지의 싹틔워 보련만
어림없는 확률 앞에도
생각이 없기에 절망도 없다

생각하는 갈대들은
무슨 꽃을 피우는가
꽃을 피우기는 하는가

바람결에 흔들리는
마른 갈대 앞으로
생각하는 갈대들이 지나가네
뚱뚱한 갈대들이
늙고 병든 갈대들이.

시 詩

뼈를 쪼개는 산고도 있지만
평범한 언어들이
따듯함을 간직한 가슴속에서
새 생명을 부여받고
반기는 임에게로 향한다
화사한 소녀처럼
풋풋한 소년처럼
때로는
소복한 아낙처럼

응어리진 사연들이
과거 속으로의 침전을 거부하고
다소곳한 날갯짓하며
그냥 슬며시 다가선다
조용한 이웃처럼
다정한 친구처럼
가끔은
쓸쓸한 나그네처럼.

묵직한 수채화

젊은 아낙의 코허리에 걸린 안경이
자꾸만 흘러내리는 몇 올의 머리칼이
뙤약볕에 찡그려진 두 눈이
눈 밑의 거뭇거뭇한 기미가
대충 쥐어 묶은 부스스한 머리채가
검은 점 하나 눌어붙은 가느다란 목덜미가
등에 업혀 잠든 아기의 젖혀진 머리가
멜빵 아래로 늘어진 조그만 아기 발이
보따리 무게로 기울어진 아낙의 좁은 어깨가
치마 아래 드러난 그을린 종아리가
흙물 덜 빠진 하얀 양말이
바짝 닳아빠진 샌들 뒷굽이
그리고, 힘겹게 버스에 올라서는 뒷모습이
잠시 내 눈길에 무겁다.

주례사

사회자의 각본대로 촛불이 댕겨지고
비는 마음으로 공손하게 절하는 두 어머니
조금 부풀린 각본대로 주례선생이 소개되면
예상된 약간의 박수 소리

가장 의젓한 신랑 입장
내숭 섞으며 끌려 나오는 신부
몇 가지 절차가 각본대로 이어지고
각본에 없는 헛기침 후
근엄하게 이어지는 주례사

그곳이 무지갯빛 지붕이 덮인
피안의 낙원만은 아니다
다만
열어보고 싶은, 열어야만 하는
미지의 세계일 뿐

그곳의 햇볕이
언제나 장밋빛 아니라 하여 실망하지 말며
꽃잎에 가끔은 이슬이 맺히지 않음을
슬퍼하지도 말일이다

이제부터
장밋빛 아름다움도 영롱한 이슬도
사랑과 신뢰의 세월로
둘이서 만들어 가야 하니까
그대들이 만들어 낼 수 있으니까…

이렇게 주례사가 끝나고
이 험한 세상에는
또 한 쌍의 부부가 가슴 벅차게 태어났다.

노점상

영원히 팔릴 것 같지 않은
싸구려 시계 몇 개 펼쳐놓고
내일이 오늘보다 나을 가망이라곤
확실하게 없을 오늘을 팔고 있다
끝없이 흐르는 군중의 물결 속에서
노인은 모진 목숨을 건져내고 있다

살아오며 자신을 수없이 질타했으련만
노인은 오늘을 탓하진 않는 것 같다
내일 지구가 멸망한다 해도
그에겐 큰 미련 없을 것 같다
그저 묵묵히 받아들일 뿐
법정 스님보다 더 담담하게
해인 수녀보다 더 편안하게

그런데
그를 기다리는 가족이 있을까
병든 할멈이?
생활력 없는 자식이?

친구가 늙었다

모래시계 줄어가듯
내 생애의 날들에서 또 한 해가 저문다
갑작스런 강추위에 웅크린 걸음으로
약속 시각에 맞춰 길을 나서니
얼어붙은 빙판길이 만만치 않다

저쪽에서 나타날 친구를 기다리며
십 년 가까이 지난 그때의 모습을 그려본다
사람들 사이로 걸어오는 키 크고 구부정한 사람
한눈에 들어온다
손안에서 요술 부리듯 하는 SNS 덕분에
지난 십여 년 얼굴을 마주하지 못했어도
자잘한 소식까지 얼추 알고 있다

추어탕 마주하고 나눈 정담이 잦아들고
이젠 좀 자주 보자 다짐한 훈훈한 우정
작별하고 돌아선 앞을 막는 칼바람도 차지 않다.

어떤 체념

결혼 전엔
감언이설로 간, 쓸개 다 네 것이라고 하더니
결혼 후엔 돌변하여 저밖에는 모르는데
어찌 그럴 수 있느냐 들이대고 따져 본들
돌아오는 대답 어이없다
"세상에 어떤 등신이
　잡아놓은 붕어에게 떡밥 주냐고"

벼르고 별러 친정에 좀 가려면
아니꼽고, 치사해서 탁! 걷어치우고 싶지만
연로하신 양친 몇 번이나 더 뵈랴
뒤집혀 오르는 속 겨우겨우 진정시키고
뻗대는 서방 살살 달래가며
큰 녀석 앞세우고 작은 것은 둘러업고
양손에 보따리 들고 허둥지둥 나서면
성질 급한 남편 나리는 작살 맞은 뱀 맹키로
횡하니 앞서가고 뒤통수도 안 보인다

처가에 당도해서 그 잘난 사위 나리
파안대소하시는 장인 장모께
넙죽넙죽 문안 인사는 잘도 하고
미리 준비하신 진수성찬에 씨암탉에
노릇한 청주까지
벌어진 입 귀에 걸린다

길어봤자 고작 한 이틀 머무는데
삐치는 꼴 안 뵈 드리려고
깨진 똥 항아리 위하듯 이지가지로 신경 쓰니
머리가 다 지끈거리고
친정 나들이 좋은 줄도 모르겠다

남자라는 족속이 원래 그런 것을
속 끓이지 말고 속 넓은(?) 여자들이여
아들 하나 더 키운다 생각합시다.

세월 속의 나

저만큼 앞에서 세월이 달아나고
그 뒤를 내 인생이 쫓는다
가만히 정신 차려보면
세월을 쫓기기는커녕 내가 끌려가고 있다

젊은 날엔 세월이 정지한 것 같았고
빨리 세월 가서 승진도 하고 장가도 가고 싶었지
그땐 내 인생이 뛰쳐나가고
세월이 발목을 잡고 있었다

세월이 화살 같다는 걸 이제는 알았다
시간이 흘러가는 마디에 서서
마주 오는 한해 한해를 본다
어차피 잡아맬 수 없는 세월이라면
버둥대며 끌려가지는 말자

오는 세월의 표피에는 얼마나 많은 사연이
어떤 모습으로 각인 되려는가
그 세월 속에
내 인생을 추하지 않게 투영하리라.

마지막 잎새

가을 정취가 석양에 빛날 무렵
고즈넉한 병원 뜰을 걸어보라
단풍 곱게 물들어있는 활엽수 아래
수북하게 쌓여있는 낙엽을 밟으며
낙엽이 지는 의미를 생각하며

병실 창 안에 석상처럼 서 있는
핏기 가신 소년의 시선 끝으로
무심한 가을바람의 작은 일렁임에도
우수수 지는 낙엽이 안타까워
앙상하게 드러나는 가지를 보며
그 작은 가슴 위에 절망이 내린다면
병실 창가에는
활엽수를 심지 말 일이다
누군가의 간절한 시선이
쉴 새 없이 떨어지는 낙엽을
가슴 졸이며 헤아릴지 모르니까
'오 헨리'의
마지막 잎새까지.

항도 부산

항도 부산은
나의 젊은 시절이 한동안 머물던 곳이지요
처녀 적 아내와 처음 데이트를 했고
신혼의 부부가 되어
그림 같은 추억들을 여기저기 묻어 둔 곳이지요

해 넘어간 뒤의 광복동 거리며
국제시장 골목에 그 많던 포장마차들
야경 속으로 우뚝 서 있던 용두산 전망 탑
비릿한 바다 냄새에 쩐 자갈치 부둣가
닻 내리고 정박해 있던 낡은 어선들
꼼장어 굽는 매콤한 연기
영도 쪽에서 물 위로 반사되는 불빛들
끝없이 밀려가고 밀려오던 사람들의 물결

진한 삶의 냄새 속으로
한줄기 낭만이 흐르던 항도 부산은
내 인생의 한 획이 진하게 그려진 곳이지요

언젠가는 꼭 한 번쯤 부둣가에 쪼그려 앉아
질화로 닮은 노점상 할머니의
투박한 경상도 사투리와 꼼장어 두어 마리 안주하여
내 젊었던 날들을 반추하고 싶어라.

내 고향

나지막한 뒤 돈대엔 늙은 솔 서너 그루
울타리 뒤로 한발 물러서 있고
텃논 너머로 맑은 개울이 흐르던 곳
조막만 한 추억들이 여기저기 뒹굴어 있는 그곳

회색빛 긴 수염을 가슴까지 드리우신
할아버지 강講 소리에 새벽 단잠이 깰 즈음엔
밤나무 울섶에 다닥다닥 열려있던
참새 떼 우짖는 소리 귀에 따갑고
순해 터진 바둑이는 새벽 마실 한 바퀴 돌아
햇살 등지고 슬렁슬렁 뛰어오던 곳
내 꿈들이 무지개 같이 피어오르던 그곳

달빛 쏟아지는 열사나흘 밤엔
돌담 위로 기어오른 호박 덩굴이 시커멓고
헛간채 초가지붕엔 박꽃 몇 송이 밤이슬에 젖어있던
박꽃처럼 머리 센 할머니 무릎 앞에 어린 동생 잠들던 그곳

한여름 땅금 진 그믐밤
안마당에 밀짚 멍석 펴고 누워
보석을 뿌린 듯한 밤하늘을 보면
폭포처럼 쏟아질 것 같은 하얀 은하수 옆으로
북두칠성이 큰 국자처럼 보이고
생초 연기가 싫지 않던 그 시절
문학 소년의 어설픈 수줍음이 묻어있는 곳

발가벗고 송사리 쫓던 그 개울도
깡총깡총 건너뛰던 징검다리도
까치밥, 올맹이 캐 먹으며 우렁이 잡던 논배미도
소 뜯기며 물수제비 뜨던 냇둑 길도
이제는 호심湖深으로 잠기었고
오직 추억 속에만 살아있는 곳
꿈에라도 한번 보고 싶은 그곳.

밥 한번 먹자

그래
먹자 밥 한번
막걸리 한잔도 곁들여서

생각의 눈으로 주변을 둘러보니
P도 가고
또 다른 P도 가고
오래전에 CH도…

이 나이가 돼보니
봄에 가도 여름에 떠나도
전혀 이상할 게 없게 됐네 그려
유별나게 겉늙은 친구가
넋두리하듯 뱉었지
"우리는 오늘 죽어도 호상이다"

발가벗은 채
냇가 모래톱을 치달리던 때가
엊그제처럼 선명한데
앉았다 일어설 땐
허리에 손이 먼저 가네그려

명절엔 새끼들 앞세우고
고향엘 갔었는데
이젠 내가 그 고향이 되었네
우린 칠 남매나 되지만
내 앞엔 단 남매구먼
다 와도 적막강산 겨우 면하지

세월이란 놈이,
거기에 바뀐 세상이 거들어
이렇게 만들었어
흥겨움도
정겨움도
다 걷어갔어

올해는
정부가 나이를 줄여준다지
그러면 조금 젊어지려나?

맹추위 가거들랑
먹자, 밥!

늙는다는 것

늙는다는 것은 원숙해지는 것
태양이 더욱 뜨거웠던 시절
싱그럽고 짙은 녹음 같던 젊음
영원할 것이라 여겨지던 내 젊음이
파스텔톤으로 차분하게 채색되는 것

늙는다는 것은 속도를 줄이는 것
낮 밤 모르고 동분서주하던 시절
세찬 태풍같이 몰아치던 기백
끝없이 질주하며 막힘없던 내 기백이
수만 리 날아온 여객기처럼 연착륙하는 것

늙는다는 것은 여유로워지는 것
바닷가 모래 위에 밀어를 쓰던 시절
작은 손짓에도 허리 꺾고 웃던 사람
내가 사랑하고 나를 사랑하는 내 사람의
점점 탈색되는 흰 머리가 눈 설지 않은 것

늙는다는 것은 이별을 예비하는 것
서로 사랑하며 함께 걸어온 세월
필부필부匹夫匹婦로 이름 없이 살아온 일생
부모봉양 자식 양육 마친 내 일생이
어느 날 갑자기 올 이별 앞에도 차분해지는 것

늙는다는 것은 슬프지만은 않은 것
일하며 사랑하며 치열하게 살아온 시간
세상과 부딪치며 흘려보낸 내 시간이
인생길 고비마다 진한 흔적으로 남아있고
이제는 청산에 돌아가 나물 먹으며 살고 싶다.

나 늙어지면

나 늙어지면 낙향하여
개울 물소리 끊이지 않는 호젓한 산기슭에
황토 발라 벽 올리고 갈잎으로 지붕 얹어
이슬 바람 피할 만한 작은집 짓고
당신 손 즈려 잡고 뜰 앞을 거닐며
철 따라 바뀌는 풍경에 취해도 보고
귀 쫑긋한 진돗개라도 한 마리 키우면서
당신과 둘이서만 살고 싶소

단오 아침엔 창포물 내려
푸석해진 당신 머리 한올 한올
따듯하게 감겨주고 싶소
마당 가에 아주까리 심었다가
서리 내리면 거두어 말려
맑은 기름 내려두고
당신 반백 머리에 발라 곱게 빗겨주고도 싶소

이따금 찾아올 손주 녀석들 기다리며
동구 밖 언덕 위에 우두커니 서 있어도 보고

돌아가는 자식들 등 뒤에 서서
보이지 않을 때까지 손짓도 해보고
잘 도착했다는 전화를 기다려도 보고 싶소
나 소싯적 할머니 어머니처럼

고사리, 취나물 이지가지로 말려두고
무청 엮어 말려 시래기도 만들고
무말랭이, 호박고지 넉넉하게 마련하여
산골짝 긴긴 겨울 밑반찬도 하고
자식들 다녀갈 때 넉넉하게 덜어도 주고 싶소

나 늙어 청산에 돌아가면
티 없이 맑은 하늘을 닮고 싶소
물소리 바람 소리도 닮고 싶소

나 늙어 자유로워지면
당신과 단둘이 살아보고 싶소
부모봉양 자식 양육 다 마치고
당신과 둘이서만.

내려놓는 것

늙는다는 것은
내려놓고 포기하는 것이
점점 쌓여가는 것인가 보다

제일 먼저 포기한 것은
손가락에 지구력도
유연성도 떨어져
'자일' 메고 암벽 오르던 것이었고

그다음은
스키장 최상급 코스를 내리쏘던 것이고
이제는 중급 코스만 맴도는데
그마저도 이젠 놓아야 할 것 같고
운전대를 놓게 되면 많은 것을 포기해야겠지

설악산 대청봉도 지리산 종주도
북한산도 관악산도 오래전에 졸업했으니
이제 근교 둘레길이나 걸어야지
배낭 메고 지중해 섬들을 여행하고 싶어도

동행할 친구가 없으니 그도 포기하자
그래도
버킷리스트에서는 지우지 못하겠네

아무리 늙어가도
끝까지 내려놓지 못하는 것은
나라 걱정이다.

마라톤

하늘은 높고
흘러가는 구름은 희고
온몸을 스치는 바람은 시원하다
힘차게 달려가는 힘찬 몸짓
반환점을 얼마쯤 남겨놓은 지점에서
벌써 돌아오는 한 무리의 건각들

가쁜 숨 몰아쉬며
이마에 흐르는 땀을 훔치고
힘차게 팔다리를 움직여
앞서가는 젊은이와 보조를 맞추니
그의 힘찬 숨소리가
내 심장으로 새 힘을 불어넣는다

이제 절반이다
온 것만큼만 더 가자
하나둘 뒤로 처지는 사람이 늘고
내 투지는 붉게 용솟음쳐
저 높은 하늘을 찌를 기세이고

이제 고통도 사라졌다
몸속에 아드레날린이 넘쳐
사지로 계속 투지를 공급한다

저 멀리 보이는 결승점이
무거워진 발길을 조급하게 하고
남은 힘을 모두 짜내어
마지막 스퍼트
이젠 아무것도 보이지 않고
아무 소리도 들리지 않는다
눈앞엔 오직 결승점만 서 있다

경주가 끝난 그곳엔
보람과 희열이 흐르고
달콤한 휴식 위에
왁자지껄한 무용담이 넘친다.

지리산의 여름

지리산의 여름은 빛이 되어 머물지요
어쩌면 빛이 전설인지도 모릅니다
그 많은 준령마다 서리서리 들어앉은
수천 가지 전설인지도

노고단 위로, 반야봉 너머로
찌푸린 장마 구름 밀려가고
눈부시게 파아란 하늘가에
깨질 듯 투명한 빛으로 계곡 깊숙이 머뭅니다

폭염의 계절 한복판에 서서
후텁지근함을 못 견디는 마음속으로
형형색색의 찬란한 가을빛을 부르면
이유 없이 외로움 앓는 가슴속으로
풀벌레 울음소리 가을 되어 들어오려 합니다

계절은 밤에 바뀌는 게지요
유난히 달이 밝아 잠 못 이루는 새벽녘
한 조각 바람 소리에 업혀 온 그리움은

싸늘한 달빛에 젖어 가슴으로 스미지요

지리산의 여름은 빛의 계절입니다
빛이 소리 되어
창문을 흔들며 찾아올 산장의 가을은
질펀한 여름을 밀어내고
천왕봉 일출처럼, 빨간 단풍잎처럼
한 아름 찬란한 빛을
왈칵!
토하고 말 테지요.

가을이 오네

여름 꼬리 조금은 남은 듯한 이 아침
갑자기 가을이 성큼 다가서서
여름내 시달린 내 육신을 흔들어 놓는다

이 가을엔 어디론가 떠나고 싶다
내 어깨에 당신 머리 기대게 하고
지는 노을 보면서 숲속 오솔길을 한없이 걷고도 싶고

소슬바람 불어오는 바닷가에서
붉게 물든 수평선을 지그시 보고도 싶고
낙엽 쌓인 오솔길을 당신 허리에 팔 두르고
아니면 당신을 등에 업고 천천히 걷고 싶기도 하고

해가 지고 찬바람이 못 견디겠으면
허름한 민박집에 들어가
시골 아낙이 끓여 내온 해콩 청국장에
기름 졸졸 흐르는 흰 쌀밥을 배불리 먹고
나무 탄내 나는 따끈한 아랫목에 당신과 마주 앉아
끝없이 조잘대는 당신 얘기에 귀 기울이다

당신 무릎 베고 잠들고 싶기도 하고

아무튼, 이 가을에
당신과 함께 멀리 떠나고 싶다
사랑하는 당신과 아주 멀리.

제 4 부

수의를 입고 사는 사람들

수의를 입고 사는 사람들

군인은 언제나 군복을 입고 산다
청춘도 생명도 조국에 저당 잡히고
얼마간의 생명 수당으로
부모봉양 자녀 양육하며 산다

군인이 죽으면 세마포 수의 대신
깨끗한 군복에
계급장, 명찰, 휘장, 훈장 모두 달아 입히고
군화까지 신겨서 마지막 길 보낸다

이름 모를 전선 참호에서 장렬하게 죽어 가면
그 자리는 무덤이 되고 군복은 수의 된다

조국이 원할 때
지체 없이 죽음으로 뛰어들어야 하기에
군인은 늘 수의를 입고 산다
당장 올지도 모를 죽음을 준비해놓고
군인은 언제나 수의를 걸치고 산다.

초병의 미소

어젯밤 꿈속에서 웃어주던 그녀가
오늘은 향기로운 편지 한 장 보내왔네
철책선 저 너머를 노려보는 이 저녁
가슴에 품은 편지 도톰한 촉감으로
나른한 피로감을 미소처럼 밀어낸다
정겨운 표정으로 웃음 짓던 그녀가
사진 속에 담겨서 내 품 안에 숨어있네
온몸이 땀범벅 풀솜같이 젖어도
싱그런 그 미소 슬며시 떠올리면
짜릿한 젊은 투지 샘물처럼 솟아난다.

창공에 나를 던지고

잠을 깨어 올려다본
시월의 하늘가엔
아침 햇살에 표백된 조각구름만 한가롭고
금일 기상은 비행 가능!

머리맡 경대 위에
결혼예물 시계를 유언처럼 풀어놓고
속옷도 깨끗하게 갈아입는다

아직 잠들어있는
두 애의 볼이 능금처럼 예쁘고
조반 준비하는 아내의 편안한 뒷모습이
내 마음에 무겁다

군화 끈 졸라매고 문을 나서면
아내의 잔잔한 미소가 그림자처럼 따라나서고
나는 믿음직한 뒷모습을 보이고 싶다

탑승장으로 향하는 대원들은
굳은 얼굴로 말을 잊었고
UH-1H의 '프로펠러'는
오늘따라 유난스레 요란한데
'패러슈트'를 앞뒤에 숙명처럼 매달고
철모 턱 끈을 아프도록 조인 후
'헬리콥터'에 걸터앉아
생명줄을 두 번 세 번 당겨본다

흙먼지 뒤집으며 하늘 높이 떠오르면
뛰어내려야 할 'DZ'가
손바닥처럼 좁아 보이고
한 바퀴 선회하며 관사 촌을 지날 때
발아래 '발코니'에 널려있는
아들 녀석 기저귀가
나를 향해 창백하다

내가 살아온 날들이
내가 사랑하는 얼굴들이

고속 필름처럼 지나는 동안
어느새 옆에 있던 전우는
발아래로 멀어져 가고
강하 조장이 철모를 치는 순간
두 손으로 힘차게 기체를 밀쳐
창공으로 나를 던져버린다

일만, 이만, 삼만…
수직 낙하하는 5초가 영원처럼 길고
곤두박질치던 몸이 위로 잡아채어
고개가 뒤로 젖혀지면
터질 듯이 부풀은 낙하산 구멍으로
파란 하늘이 보이고
비로소 막힌 숨 토해내며
오 마 안…

일 분도 채 안 되는 체공 시간 동안
하늘로 자꾸만 떠오르는 착각을 하고
온몸은 소다수에 잠긴 듯 상쾌하지만

어느 순간 희열은 사라지고
이젠 접지할 장소가 걱정이다

빠르게 솟아오르는 단단한 대지 위에
겁 없이 구르고
팽팽하게 버티는 낙하산을 접으며
진정한 안도감에 진저리친다

귀영버스는 뿌듯함으로 풍선처럼 들떠있고
대원들은 상기된 얼굴로 계집애처럼 말이 많다

이렇게 내 인생의 나이테가
오늘
하나 더 늘어났다.

(건군 50주년 기념 국방일보 문예 공모전 시 부문 당선작)

또 하나의 새벽

쌓인 눈빛이
칠흑 같던 어둠을 녹이고
영하 28도의 수은주가 얼어붙게 한
포도鋪道 위로
둔탁한 군홧발 소리 이어진다

말조차 아끼는 젊은 병사들의 뜨거운 호흡이
입가에 서리 되어 맺히고
산자락 사이로 힐끗힐끗 보이는
외딴집 불빛이 떨고 있다

잣나무 숲 사이로 이어진 가파른 길을 따라
고갯마루에 올라서면
힘 있게 디딘 두 발아래로
자욱한 겨울안개가
골짜기에 웅크려 얼어붙고
호수의 얼음 갈라지는 소리가
이따금 적막을 깰 뿐
어두운 하늘의 무수한 별조차

영원 전부터의 운행을 멈추었다

삽살개 짖는 소리도 호수 위에 얼어붙은
이 새벽에
밤새워 걸어온 젊은 아들들은
뼛속까지 파고드는 싸늘한 냉기로
문득, 고향 집 어머니가 그립다

북녘을 향해 힘차게 달리는
까아만 산줄기 너머로
또 하나의 새벽이 열리고
조국을 향한 병사들의 행군은
요동벌까지 계속되리라.

여섯 번째 녹색 견장

30년 세월의 무게가
여섯 번째 녹색 견장 위에 실리고
아직은 젊음을 가장할 체력도 있다

소대장으로 시작된 녹색 견장을
어깨 위에 달 때마다
두 주먹 사려 쥐고
각오를 하게 하고
조국이 부여한
일정 규격의 무대 위에서
계획 · 건의 · 승인 · 시행의 사이클에 맞춰
연출을 감당하고
조국을 향해 승리를 공연한다

철저하게 피동적인 젊은 배우들을
능동의 고지를 향해 몰아세워
농도 짙은 땀방울을 강요했다

지금
내 그늘 아래 모여든
철부지 후배들의 팔딱팔딱하는 젊음이
어엿한 소대장으로 다듬어져 가는데
마지막 녹색 견장을 닮은
내 인생의 잎새들은
너무 길었던 여름 끝에서
하나둘 탈색되어 지려 한다

그래도 웬만큼은 보기 좋게 단풍이 되어….

그땐 정말

배낭 속에 가득 담긴 조국의 꿈이
무겁고 주체하기 어려워도
꼭 이루어야 할 사명이기에 다시 한번 추스른다
민족의 원죄로 끊어진
조국의 산하가 어깨를 짓눌러도
북녘을 향한 젊은 대열은
말을 아끼는 거대한 용틀임이다

가슴속에 폭발해야 할 울분을 묻고
지금은 승천의 용솟음 할 때가 아님을 알기에
침묵하며 빗속을 간다

백두대간 잔등 타고 힘차게 달려
천지 앞에 서는 날
쌓아 둔 울분일랑
내 젊은 육신과 함께 폭파해버려도 좋다
그땐 정말
천지 못 검푸른 물이
핏빛 되어도 좋다.

사격장의 오후

고막을 때리는 폭발음과
매캐한 초연 사이로
적을 닮은 표적들이
와르르 무너진 자리 위에
파도처럼 밀려와 스러지는
메아리의 메아리들

또다시 솟아오른 적병들은
병사들의 거침없는 분노 앞에
힘없이 쓰러져 가고
또 한 번의 메아리가 쓸고 간
초원의 오후에는
시침 떼듯 적막이 내린다

초연 내음 물씬 풍기는
조국의 젊은 아들들은
진짜 사나이를 목청껏 외치며
개선장군처럼 어깨 펴고
보무도 당당하게 귀영길에 오른다.

사명

약관을 넘기며 덮어둔 젊음은
세월의 갈피 속에서 조금씩 탈색되고
내 인생 어느덧 지천명
4반세기 넘도록 해마다 반복해서
숨을 턱턱 막아버리는 폭염과
살을 찢는 엄동의 혹한에
젊은 육체를 담금질하며
강철보다 강한 집념의 노병이 되었다

군화 속에 웅크린 두 발이
장년의 나를 지탱하고
조국의 명운을 한자 여덟 치 어깨 위에 얹어도
결코 그 무게에 짓눌리지 않는다

휴화산처럼 불안을 잉태한 불모지대 너머로
갈 수 없는 저 땅은 손에 잡힐 듯한데
싸늘한 철책으로 잘리어진
조국의 허리가 아프다

세월이 스쳐 가며 내는 소리는
환희의 노래도
승리의 함성도 아니었고

사월의 피 맺힌 절규가
오월의 신음 소리가
유월의 폭발해버린 분노가
지워질 수 없는 주름으로
역사의 암벽 위에 음각되었다

끊임없이 반역을 꿈꾸는 조국의 절반 때문에
노병은 강심장조차 상해버리고
칠흑 같던 머리칼은 반백이 되었다

전우여, 젊은 전우여!
겨레의 혼을 이어갈 죄 없는 후손에게
동강 난 산하를 물려줄 텐가
무심한 철새만 오고 가야 하는가?

이어라, 이어야한다
썩은 상처 도려내고
끊어진 동맥은 다시 잇고

우리 부둥켜안고
고구려의 광장으로 달려나가
땅속에 묻혀버린 선조들의 영광을
높이 일으켜 세워야 한다.

안 된다

북녘을 겨냥하는 용사가
칼끝 같은 삭풍에 움츠려
전선의 붙박이가 되어있는 동안
칼자루에 보석 박고
전통箭桶에 아부를 채워 주고받으며
적진보다는 권부勸府를 바라보는 해바라기들

병법보다는 처세에 능통하고
끊임없이 출세를 구걸해온 무리가
샴페인을 차지하면 안 된다

자신의 분수를 왜곡하고
상관의 눈을 흐리게 한 비상한 재주로
부하의 눈물과 한숨을 딛고
명예와 부를 한 손에 거머쥔 무리가
서울을 향해 북녘을 등지고 서서
회심의 미소를 짓게 해선 안 된다.

철야 행군

자정 무렵 시작된 행군은
조국의 가슴을 향해 당당하고
눌러쓴 방탄 화이버 아래로
옹골차게 추슬러 멘 군장은
무게조차 느낄 수 없는데
방한복 사이로 파고드는
삭풍의 예리함이 말초신경을 찌른다

칠삭둥이만큼 찌그러진 하현달이
눈 덮인 계곡을 향해
처참하리만큼 싸늘한 냉기를
폭포수처럼 쏟아 내릴 즈음
전령 어깨에 매달려
쉴 새 없이 지껄이던 무전기 뭉치도
이따금 쌔— 하고 가쁜 숨을 몰아쉴 뿐
침묵하고
젊은 중대장이 한 번씩 내뱉는
낮고 무게 실린 호령 소리는
메아리 한 조각 남김없이

골짜기 아래로 침전해 버린다

도막 쳐 늘여놓은 시간 계획 마디마다
예광탄처럼 끼워진 꿀맛 같은 10분간 휴식!

언 발 구르며 몇 모금 빨아들인 담배 연기로
추위를 녹여 토해내고
물속같이 가라앉은 침묵을 헤치며
젊은 대열은 조국의 심장을 향해
뜨겁게 뜨겁게 요동치는데
은하수까지 말라버린 밤하늘엔
유성조차 흐르지 않는다.

절 싫은 중이 떠나지 못하고

스물네 살 젊은 소대장으로
서툴고 어설픈 출발이었지만
그래도 순수한 열정이 넘치고
명예, 조국, 정의, 사명감…
그런 단어들 냄새 물씬 나는
젊디젊은 사관이었다

발로 뛰고 몸으로 부딪쳐
안 되는 일을 되게 하고
무에서 유를 창조하고
실전보다 힘든 실전 같은 훈련으로
몸과 마음이 영글어
총알도 튕겨 낼 것 같은 패기도 있었다

전쟁영화에서처럼 하고 싶어
표범같이 날쌘 소대장도
영웅처럼 멋진 중대장도
맏형같이 믿음직한 대대장도
아버지같이 인자한 여단장도

적에게는
얼음같이 차고
늑대같이 교활한 참모도 흉내 냈었다
공룡처럼 완강한 관행에 충돌하며
불꽃처럼 치열하게 젊음을 태웠었다

그러나 언젠가부터는
철옹성같이 견고한 현실에 분노하다
분노를 절망으로 삭여 체념하면서
세상 빛에 시력을 잃고, 목표도 잃고
타성과 현실의 늪에서 허우적거리다
조금씩 봉급쟁이로 타협해 버렸다.

주말 대기조

숙소 창턱 아래 흐드러진 장미 향기가
코끝을 자극하여 평정심을 깨는 주말 아침
모처럼의 늘어지는 게으름을 걷어낸다
위수지역 굴레 속에 갇히고
수없이 겪어도 면역이 되지 않는 주말 대기조

고삐 꼬인 망아지 심사위에 쌓이는
책임감으로 덧칠한 체념
번개통신 하고 싶어 배를 앓는 전화기는
금방이라도 터지려는 울음을 참아가며
먼지를 뒤집어쓴 채 방구석에서 버티고
배달된 짜장면 곱빼기로 아침 겸 점심을 해결한 후
포만감으로 느긋한 배를 쓸며
나른한 권태를 즐긴다
턱 떨어지게 하품도 하고
허리에 쥐가 나도록 기지개도 켜고…

벌렁 드러누워 창 너머로 올려다본 하늘이
주차장 지붕 위에서 무표정하고

이, 삼분 간격으로 지나는 여객기 날개가
은빛으로 빛나는데
문득 좁아터진 기내화장실 풍경이 궁금하다
쏴 악—! 훑어 내린 인분 덩어리가
따로 모일까 밖으로 쏟아질까?
부질없는 생각들이 부질없이 반복되고
또다시 찾아오는 잠의 여신에 휘감기지만
방정맞은 구급차의 호들갑에
낮잠마저 통제받는다

비몽사몽 간에 잠깐 보이던
만만한 마누라에게 전화나 걸어?

진급 탈락

세상 돌아가는 이치도
지름길이 존재하는 사실도
잘 모르던 시절
흐름과 타협하지 못하고
때로는 역류逆流하기도 했었다

독립군 닮은 강한 의지도 없으면서
시류時流의 안이함을 택할만한
주변머리도 없었기에…

이제는 돌아설 기회도 지나치고
탄력 붙은 관성의 법칙에 몸을 실어
내가 선택한 내 길을 걸어왔다

그러나
아! 그러나
어느 날 갑자기
성채城砦같이 확실해 뵈던 표적이 사라졌다
애당초 그건 내게 신기루였나 보다

허상을 좇아
힘겹게 쌓아 올린 연륜이
썩은 나뭇등걸처럼
뿌리째 뽑혀나가 나둥그러지고
촉수 잘려버린 내 투지는 주저앉아
이제 더 이상
가야 할 길이 없다.

정년 앞에서

난 운동선수다
자기관리도 연습도 열심히 하고
경기력이 좋다는 평은 들어도
경기장에는 제대로 한번 서보지 못한…

승패 한번 가려볼 기회도 없이
이런저런 이유로 벤치만 지키면서
동료들의, 언젠가부터는
후배들의 출전을 부러워했다
언제나 감독의 눈길은 내 앞을 스쳐 가고
동료들조차 내 존재를 잊어간다

경기가 끝나고
관중의 함성이 허공에 쓰러지면
땀 흘린 선수들 뒤에서
모멸감을, 분노를, 그리고 좌절을 씹으며
또다시 연습장을 찾지만
출전할 수 있다는 기대는
절반쯤 접고 살았다

수비 말고 공격수를 해야 했던 건데…
발등 찍고 싶은 나의 선택이
언제까지나 내 곁에 진한 후회로 머물고
한없이 초라한 귀가를
늘 말 없는 미소로 맞아주는 아내의 상심이
나를 덮쳐버린 절망의 무게보다 힘겹다

이제는 최후의 시즌도 끝났으니
30년 넘는 선수 생활을 접어야 할 때다
좌절과 미련의 멍에를 벗어던지고
다른 길을 찾아야 할 때다.

욕 값

기관총같이 쏟아붓는
감정의 파편들이
영혼의 깊은 곳까지도
쉽게 지워지지 않는 아픔으로
흠집 낼 수 있다는 걸
세 치 혀의 난폭자는 알 바 아니다

버러지처럼 비굴하게
변명도 해명도 한마디 못하고
잔인한 폭언의 발굽에 짓밟혀
온몸은 열병환자처럼 달아올라
울컥 치미는 갈증 같은 분노를
꿀꺽 삼켜 버렸다

젊음을 송두리째 바쳐 일궈 온
내 장년의 오늘이
어이없이
어이도 없이
난파선처럼 조롱당하고

갈가리 찢긴 상처를 싸안고
내가 돌아갈 곳은?

아픔의 여운이
행여나 전염될까 염려되어
나만 보고 사는 아내 앞에선
가슴으로 울고 눈으론 웃는다

먼 옛날
이빨 누런 늙은 대위가
얄팍한 월급봉투 들여다보며 그랬었다
"군대 봉급은 욕 값이여!"

어떤 환자

원무과 창구 앞 장사진을 피해
한옆에 서 있는 무인 등록기를 마주하여
Barcode를 비춰 나를 가려내고
Credit Card로 지불하고

출력되는 번호표를 빼 드니
행운의 Lucky 7이 반갑다
주치의 방 대기자 명단 앞에 앉아
점점 위로 올라가는 내 이름을 본다
반 시간쯤 기다려 허락된 1분 남짓

키보드 두드리며 모니터만 쳐다보는
의사 옆모습을 보며 내 증세를 까발리고
끝내 얼굴 정면은 못 본채 슬며시 나왔다
한 달도 더 벌어진 일정에
여러 가지 검사를 예약하고
내 늙었음을 새삼 자각한다

젊은 소대장 시절에
풀이고 나무고 몽땅 말려 죽이는
몹쓸 독약을 접한 까닭에
가계에도 없는 암 환자가 됐다고
그 비싼 여러 가지 검사들이 무료다
수수료 몇 푼으로…
예약증을 소중하게 챙겨 들고
아내 눈 빠지기 전에 귀갓길에 오른다
오전부터 하루 다 되는 주차비도 무관하니
국가에 대한 나의 희생이 어떠했든
내가 국가로부터 받는 은전이 가볍지 않다.

*의술이 발달한 지금도 암은 만만치 않다. 초기에 발견하여 수술 후 십여 년 넘었으니 완치를 의심하지는 않게 되었으나 분기마다 주치 의를 만나 약을 처방받고 일 년에 한 번은 초음파검진을 받는다. 처 음 놀랐던 아내는 한동안 항암을 위한 식단을 신경 쓰더니 이젠 좀 느슨해진 느낌이다. 나 자신은 꾸준한 섭생과 운동으로 오히려 나 이에 비해 건강한 편이니 다행스럽다.

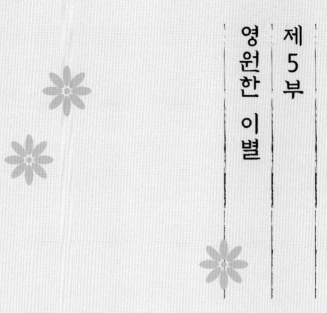

제 5 부

영원한 이별

선봉장을 추모함

이지에 찬 두 눈은
백전필승의 투혼으로 더욱 빛났고
반백 넘은 머리칼은
나라 위한 노심초사로 인함이었다

조국의 선봉장으로
범같이 맹렬하였고
얼음처럼 냉정하였으며
때론 양털처럼 부드럽고 따스하기도 했다

소년 같은 순수함을 아직도 간직한 채
학처럼 청아하게 살다가
장수의 죽음이 말가죽에 감싸여 전선에 묻히듯
전투복 차림으로 승화하셨다
일점혈육 떨구고 초로에 가셨다

아직 백두산 영봉엔 태극기 설 자리 없고
이루어야 할 민족의 염원은
언제라고 기약조차 없는데

이렇게 떠나시니
그 낭패함을 표현조차 못 하고
그저 가슴만 아려할 뿐이다.

(1992. 2. 17. 임무 수행 중 헬리콥터 추락사고로 순직한 제7군단장
고 이현부 장군 영전에 바침.)

떠난 친구 전화번호

떠난 친구 번호가 아직 살아있네
이 번호 누르면 그대와 통화가 될까?
쇳덩이 같던 육체를 병마가 씌워 몇 년을 고생하더니
어느 무더운 여름날 피서를 가듯이 떠났네그려
친구야!
올여름이 유난히 더워
그 옛날
여름이 되면 아내와 아이들 태우고
계곡으로 바다로 피서를 갔던 추억을 떠올려 보자
그 시절 철없던 아이들이
이젠 모두 불혹을 넘겼으니
세월이 많이 흐르긴 했네 그려
색시 같던 아내들이 할머니로 변했어
이른 아침부터 매미 소리 요란한 걸 보니
오늘도 찜통더위겠구먼
0058 번호를 아이들이 물려받았어
이 번호가 그립네
이걸 누르면 전화기 속에서 "응 홍규여!"
할 것 같아

내 친구 강홍규!

너무 빨리, 너무 갑자기 떠나서 마지막 인사도 못 했어.

이 세상 일은 모두 잊고 잘 가시게

친구여!

파란만장하던 이 세상은 뒤돌아보지 말고

평생 의지하던 부처님 자비로움으로

부디 극락왕생하시게나.

(2021년 7월 下浣
 쇳덩이 같던 친구 강홍규 영전에 바침.)

그대 바람이 되어

단 한 번의 생애를 접고
사랑하는 이의 목전에서 이별을 고함은
또 다른 세상으로 떠나는 여정인가요
지구별에 내려와 칠십여 년을 여행하며
사랑하는 님을 맞아 가정이란 울타리도 만들고
따뜻한 둥지를 틀어 두 아이도 키웠지요

그리움을 아시나요
몸서리치게 쓸쓸한 것임을
오늘
비바람 치는 어지러운 날씨라서
당신을 보낸 허망함이
더욱 사무치는 외로움을 낳습니다

그리움도 외로움도
차마 말할 수 없는 까닭에
깊은 가슴속에
풀리지 않는 멍울 되어 맺힙니다

평생 고뇌하며 의문을 품었던
주님과의 만남을 이루었으리라
그 손 놓지 말고 낙원으로 오르소서

그대 떠난 뒤
당신을 향한 그리움은
아물지 않는 생채기로
내 영혼에
시퍼렇게 남을 겁니다.

(먼저 떠난 고 이재철 전우 영전에 바침.)

이 세상에 그가 없네

얼마 전까지도 전화 저편에서
반가운 목소리 들려주더니
한마디 부음으로 날 찾았네
이 세상 모든 인연 싸안고
한 줄기 바람 되어 훌쩍 가버렸네
하늘이 이렇게 청명한데
바람이 이토록 시원한데
서늘해지면 꼭 한번 보자던 약속이
허공으로 날아가 버렸네

웃음기 가시지 않던 그 얼굴에도
어느덧 잔주름이 조금씩 늘어가고
귀밑은 잔 서리에 바래 갔지만
긴긴 세월 병마에 시달려도
꼿꼿한 기백은 누그러짐이 없었고
오히려 친구들을 걱정하더니
이 세상에 그가 없네
쇳소리 같던 그 목소리를 들을 수 없네

약관에 시작된 부부의 애틋한 사랑

그 역사의 시작을 내가 아는데

반백 년 쌓아 온 사랑이 어디까지 닿았기에

더 쌓아 올릴 여지가 없다고 여겨

그렇게 서둘러 훌훌 털고 떠났는가

아직 남은 꿈들이 있을 듯한데

이젠 다 이루셨는가

반백 년 넘게 이 세상에 머물던 의미는 무엇인가

미움도 조금은 남길 것이지

정겨움만 잔뜩 두고 갔으니

남아있는 이들의 아픔은 아랑곳없는가

그대 그리는 모든 이의 텅 빈 가슴들은

어떻게 채워야 하나

안타까운 이별 뒤

평생 주고받은 짙고 굵은 우정은

기억의 상자 속에 흔적으로 남아

한동안 지병처럼 나를 괴롭게 하리라

사무치게 간절한 정일지라도
시간이란 여과망으로 걸러져
세월 가면 더러는 잊혀지기도 하겠지만
그래도 남겨지는 무엇이 있다면
정화되고 또 정화되어 추억의 앙금으로 남으리
오래도록

서둘러 떠난 그대 발걸음이 야속하구려
세월이 흘러 나도 떠나면
또 다른 세상이 있어 그곳에서 만날 수 있을까?

친구여!
부디 낙원에 오르시라
이곳에서의 고통일랑 말끔히 잊으시고.

(2015. 10. 6. 친구 유봉상의 영전에 바침.
반백 년 우정을 이이 온 친구의 부음을 듣고 허무하고 안타까운 심성
을 누를 길이 없었다. 유족들의 슬픔에 조금이나마 위로가 되기를 바
라며…. 덧붙여 부군을 떠나보내신 부인 김○○ 여사께 심심한 애도
의 마음을 전합니다.)